Eugène de Budé

Lettres inédites de Descartes

Anatiposi

Eugène de Budé

Lettres inédites de Descartes

Réimpression inchangée de l'édition originale de 1868.

1ère édition 2023 | ISBN: 978-3-38220-576-8

Anatiposi Verlag est une marque de Outlook Verlagsgesellschaft mbH.

Verlag (Éditeur): Outlook Verlag GmbH, Zeilweg 44, 60439 Frankfurt, Deutschland
Vertretungsberechtigt (Représentant autorisé): E. Roepke, Zeilweg 44, 60439 Frankfurt, Deutschland
Druck (Imprimerie): Books on Demand GmbH, In de Tarpen 42, 22848 Norderstedt, Deutschland

LETTRES

DE

DESCARTES

LETTRES INÉDITES

DE

DESCARTES

PRÉCÉDÉES

D'UNE INTRODUCTION

par

EUGÈNE de BUDÉ

Traduction et droits réservés

PARIS

LIBRAIRIE DE A. DURAND ET PEDONE-LAURIEL

Rue Cujas, 9 (ancienne rue des Grès, 7)

1868

A

Monsieur le Professeur

Ernest Naville

————————

.uniqué à l'Académie des
~olitiques (Institut impérial
~ 22 Août 1868), a fait dans
~pport de M. Paul Janet.

INTRODUCTION

AUX

LETTRES DE R. DESCARTES

Bien que les lettres qui suivent ne modifient en aucune façon l'idée de la doctrine de Descartes, elles excitent l'intérêt qui se rattache toujours à la vie d'un grand homme. En les présentant au public, nous sommes heureux de rendre encore cet hommage au rénovateur du dix-septième siècle, qui doutant, mais pour se fixer plus tard à de plus fermes croyances, anéantissant, mais pour reconstruire sur de plus solides bases, a refait, par les puissantes forces de son génie, tout l'édifice des sciences modernes.

Nous n'avons point à faire ici l'éloge du philosophe. Sa vie a été plusieurs fois écrite, et d'habiles critiques ont laissé de précieux commentaires sur les travaux de cet esprit accompli qui, se dégageant de la servitude des traditions, sut discerner le vrai du faux, et, s'élançant dans une voie nouvelle, parvint, dans l'ordre de la science, au plus haut degré de spiritualité.

Notre tâche se borne donc à ajouter quelques pages de plus aux publications déjà si nombreuses consacrées à ce génie remarquable.

Comme les inédits de Descartes que nous mettons au jour ne sont pas des originaux, mais une copie datant du dix-septième siècle, nous devons tout d'abord l'explication de leur origine.

En poursuivant quelques recherches historiques dans les archives de la famille Turrettini (que nous possédons en partie aujourd'hui), nous avons trouvé un manuscrit intitulé : « *Copie de quelques lettres de Monsr DesCartes à Monsr Pollot, qui ne sont pas imprimées.* » Ce titre, après un examen fort attentif, a été reconnu être de la main de François Turrettini, pasteur et théologien genevois, qui vivait dans la seconde moitié du dix-septième siècle, et qui fut allié aux Pollot par sa mère, demoiselle de Masse de Chauvet, ainsi que le prouve *le testament de dame Elisabeth de Masse de Chauvet, veuve de noble spectable François Turrettini,* pour noble et spectable J.-A. Turrettini, pasteur et professeur en l'Académie de Genève, son fils héritier institué, du 3 Novembre 1713, homologué le 19 Décembre 1716, pièce justificative que nous possédons dans nos archives.

Tout dans ces lettres de Descartes parle en faveur de leur authenticité. Nous trouverions, dans les détails nombreux que ces missives contiennent sur les événements contemporains, dans la coïncidence exacte de leurs dates, dans les noms des personnages mis en scène, dans les lieux d'où ces lettres sont écrites, des preuves évidentes de la certitude de ces pièces ; mais c'est le style surtout, ce cachet inimitable de l'individualité humaine, qui nous fournit la meilleure démonstration. Comme on va le voir, ces pages présentent toutes les qualités qui caractérisent la plume de Descartes, savoir : l'originalité, la souplesse, la grâce, l'élégance, la force et la grandeur. La nature même de ces documents ne permettrait guère, d'ailleurs, de supposer qu'ils fussent une imitation. En effet, partisan ou ennemi des opinions cartésiennes, un faussaire ne se serait pas livré au travail difficile de la fabrication littéraire, pour écrire des missives qui, après tout, ne changent en rien les doctrines du grand philosophe.

La première de nos lettres, avec quelques variantes, se retrouve seule dans l'édition de Victor Cousin, à la page 414 du tome VII. Comme là elle est beaucoup plus longue que dans notre manuscrit, et qu'elle porte une date différente (26 Février 1638, au lieu du 12 du même mois), il est probable qu'elle a été jointe à une missive plus étendue, adressée au même personnage et traitant d'un sujet analogue. Nous voyons dans le fait de l'authenticité patente de la première de

... constate l'absence de tra... lettres de ces publications ni sont pas... les correspondances les
intéressantes de Descartes avec le P... Mer. XXX de
Wilhelm de la Thuillière... Constantin Huy-
gens. Enfin, nous sommes parvenus au même
résultat en lisant le volume du Prof Millet, por-
tant pour titre: Histoire de Descartes avant 1637,
suivie de l'Analyse du Discours de la Méthode

et des Essais de philosophie, et auquel M. Janet, de l'Institut, a consacré tout récemment un remarquable article dans la Revue des Deux Mondes.

L'époque de la vie de Descartes, que le Profess' Millet étudie dans son intéressant ouvrage, étant antérieure à 1638, époque où commencent nos lettres, nous avons poursuivi nos investigations pour les deux missives de notre manuscrit qui ne sont pas datées, mais qui, par leur objet même, sont comprises dans la même période d'années que les autres.

Bien que le titre de ces missives fasse supposer qu'elles soient toutes adressées à de Pollot, deux d'entre elles sont écrites à M. Van Sureck.

Consacrons maintenant quelques lignes aux destinataires de cette correspondance.

M. de Pollot, dont le nom est plusieurs fois mentionné dans la vie de Descartes par Baillet, était un gentilhomme de la cour du prince d'Orange, et qui fréquentait celle de la princesse de Bohême à la Haye. Ami particulier de Descartes, M. de Pollot entretenait avec lui une correspondance à la fois scientifique et familière. Il lui parlait souvent de la taille des verres, car, de compagnie avec M. de Zuitlichem, M. de Pollot occupait à cette opération les meilleurs ouvriers d'Amsterdam. Il quitta le séjour de la Haye pour aller remplir la chaîre de philosophie et de mathématiques à Bréda, dans le nouveau collége que le prince d'Orange fonda sous le nom d'*Ecole illustre*. Les forts appointements et les beaux priviléges destinés à l'enseignement de ce collége (qui était une sorte d'Université) donnèrent lieu au prince et aux curateurs de choisir les maîtres parmi les plus savants. Il ne s'en trouva point, nous dit Baillet, de plus capables, ni de réputation plus avantageuse que le Sr Jean Pell, anglais, ci-devant professeur de mathématiques à Amsterdam, et M. de Pollot, qui rendit cette Université cartésienne dans sa naissance. Descartes éprouva pour son ami un sentiment de vive gratitude et lui témoigna en particulier la joie qu'il ressentait à la pensée qu'on voulût faire fleurir les sciences dans une ville où il avait été soldat. On sait, en effet, que le philosophe avait débuté par la carrière des armes, qu'il prit du service comme volontaire sous Maurice de Nassau en 1617, et sous le duc de Bavière en 1619, mais qu'il quitta l'armée en 1620 pour faire ses voyages en Hollande, en Allemagne, en Italie et en France.

Plus tard, lorsqu'il eut à se défendre, dans un procès célèbre, contre les attaques de Vœtius, M. de Pollot s'intéressa d'une manière très-efficace à la cause de son ami, en intervenant auprès du prince d'Orange et de quelques hommes influents d'Utrecht.

M. Van Surek est surtout connu sous le nom d'Antoine Studler de Berghem, en Kennemerlandt. C'est de lui que Descartes empruntait quelquefois des sommes d'argent. En 1649, avant de partir pour la cour de Suède, Descartes, saisi par le pressentiment d'une fin prochaine, mit en ordre ses affaires, fit le relevé de ses dettes qui consistaient en emprunts (tout particulièrement à M. Studler de Berghem), et en assura le remboursement, dit Baillet, « sur ce qu'il avait de plus clair et de plus présent parmy ce qui luy estoit dû en Bretagne et en Poitou. » Il fit remplir deux coffres de ses vêtements et de ses papiers, et les expédia en Suède. Il enferma tout ce qui lui restait dans une malle qu'il mit en dépôt à Leyde, chez M. de Hooghelande, avec une lettre datée du 30 Août, par laquelle il priait son ami d'ouvrir ce coffre aussitôt qu'il apprendrait la nouvelle de son décès, et cela en présence de M. Van Surek. La malle fut ouverte par-devant un notaire public pour la cour provinciale de Hollande. M. de Berghem, qui était un des plus forts créanciers du philosophe, trouva tous les titres de reconnaissances pour se faire payer l'argent qui lui était dû par les parents du défunt. Baillet fait entendre que M. Van Surek de Berghem prit aussi quelques écrits de Descartes, qui se trouvaient parmi divers livres et papiers de son illustre débiteur, et qu'il n'eut pas, pour

les restituer au public, le désintéressement de
M. Chanut, ni le zèle de M. Clerselier. Il ne paraît
pas, en effet, que ces précieux documents aient
jamais été découverts.

Les services que M. Van Surek avait rendus à
Descartes n'étaient pas seulement des secours
financiers. Bien que le philosophe se vantât de
pouvoir conserver la solitude au milieu de la
foule comme dans le fond des déserts, on sait
qu'il préférait néanmoins le séjour des villages et
des maisons de campagne. Rarement ou jamais
faisait-il adresser les lettres et les paquets directement à son domicile, et cela en vue de vivre
mieux caché. Il chargeait l'un de ses amis de lui
faire parvenir son courrier, et lorsqu'il habitait
Amsterdam ou ses environs, c'était de M. Van
Surek qu'il recevait sa correspondance.

Les lettres que nous publions aujourd'hui em-
brassent par leurs dates une période de dix années (1638-1648) et appartiennent, comme on le
voit, à cette époque de la vie de Descartes qui fut
signalée pour lui par deux grandes préoccupa-
tions; l'une qui fit son malheur, l'attaque inces-
sante de ses ennemis, l'autre qui fit sa joie con-
sistait dans la relation littéraire qui s'établit entre
lui et la princesse Palatine Elisabeth.

Dans la période de la vie de Descartes qui nous
occupe, le philosophe eut principalement à subir
les agressions de Gisbert Voetius. Ce dernier était

à la tête des professeurs péripatéticiens de l'Université d'Utrecht. Doué d'un naturel violent,
champion passionné des anciennes doctrines, il
s'éleva avec force contre les nouvelles opinions de
Descartes qu'il accusait d'athéisme. N'osant pas
se prendre corps à corps avec son adversaire, il
envoya à sa place pour entrer en lice l'un de ses
élèves Martin Schoock qui, sous sa dictée, écri-
vit contre Descartes un livre diffamatoire intitulé :
Methodus novae philosophiae Renati Descartes auquel Descartes répondit par une lettre adressée
non point à Schoock, mais à Voetius qu'il savait
être le véritable auteur de l'ouvrage. Blessé de la
fine ironie avec laquelle son antagoniste se dis-
culpait lui-même tout en démasquant son ignorance, Voetius redoubla de colère, entoura les magistrats et obtint une sentence qui condamnait
comme diffamatoire la réponse qui lui avait été
adressée par Descartes. Ce dernier fut cité au son
de la cloche à comparaître sous la double accu-
sation d'athéisme et de calomnie. L'affaire s'a-
grava et Descartes craignit d'être condamné à
l'amende et à voir ses papiers brûlés. On dit
même que son adversaire avait déjà traité avec
le bourreau pour qu'il n'épargnàt pas le combus-
tible dans le bûcher et que la flamme se vît de
loin. Ne résidant pas à Utrecht même, le philosophe fut informé à temps de cette procédure et
parvint à la faire casser grâces à l'intervention

de l'ambassadeur de France et du prince d'Orange. Plus tard, Descartes voyant les États géné-
raux blâmer la conduite des Magistrats d'Utrecht,
reprit l'offensive et cita Schoock devant le Sénat
académique de l'Université de Groningue où il
avait professé autrefois. Ce fut Voetius qui recueil-
lit toute la honte de cette affaire, car Schoock
afin de se disculper, déclara que pour lui il ne
considérait nullement Descartes comme un athée
et que tous les passages de son manuscrit qui of-
fensaient le plus le philosophe avaient été ajou-
tés par la plume de Voetius. Le Sénat pria Descartes de se contenter de ces rétractations puisqu'il sortait avec avantage de la lutte. Le 11 Juin
1645 la Justice de la ville d'Utrecht publia un
acte par lequel « il estoit deffendu très-rigoureuse-
« ment à tous imprimeurs et libraires dans cette
« ville et franchise, d'imprimer ou faire impri-
« mer, de vendre ou faire vendre aucuns libelles,
« ou autres escrits, tels qu'ils puissent estre, pour
« ou contre Descartes. »

Il s'établit à la même époque entre le philosophe et la Princesse Palatine Elisabeth des rela-
tions littéraires et scientifiques qui furent comme
une consolation aux amers tracas suscités à Descartes par ses ennemis. Dans une savante Etude
intitulée: Descartes et la Princesse Palatine, ou de
l'influence du Cartésianisme sur les femmes du
XVII° siècle, étude publié au tome XIII des *Mé-*

moires de l'Académie des Sciences morales et politiques, de France, M. le Cte Foucher de Careil consacre à la correspondance du philosophe avec cette Princesse des pages d'un rare intérêt.

La Princesse Elisabeth joignait aux avantages physiques les dons plus précieux de l'esprit. Fille aînée de la reine de Bohême, alors exilée et qui dans sa retraite de Hollande réunissait autour d'elle les plus illustres Cartésiens, elle avait puisé dans le salon de sa mère un goût passionné pour la philosophie.

Dans le but de mieux préparer son esprit à cette importante étude, elle avait eu soin, nous dit-on, de le cultiver dès sa plus tendre enfance par la connaissance d'un grand nombre de langues et de tout ce que l'on comprend sous le nom de *Belles-Lettres*. Elle progressa dans la philosophie et les mathématiques jusqu'à ce qu'ayant vu les *Essais* de Descartes elle conçut une si forte passion pour sa doctrine qu'elle compta pour rien tout ce qu'elle avait appris auparavant, et se mit avec une confiance plénière sous la discipline de ce grand maître. Ayant pris quelques informations sur lui auprès du Burgrave de Dhona, de M. de Zuytlichem, de M. de Pollot, et de tous ceux qui se déclaraient ses amis et sectateurs, elle le pria de venir chez elle à Leyde lui enseigner la source de la vraie philosophie. Descartes l'accoutuma insensiblement à la méditation profonde des plus grands mystères de la nature et l'exerça aussi dans les questions les plus abstraites de la géométrie et de la métaphysique.

La Princesse s'entretint oralement de philosophie avec son maître jusqu'au jour où quittant la Hollande pour l'Allemagne, elle remplaça ces conférences par une active correspondance; de telle façon que le commerce littéraire qui s'était établi entre la Princesse Elisabeth et Descartes n'eut point tant à souffrir.

Après maintes péripéties politiques dans lesquelles nous n'avons pas à entrer, la Princesse-philosophe accepta sur la fin de ses jours l'Abbaye de Herworden, ville hanséatique de la Westphalie dans le Comté de Ravensperg. Elle transforma cette asile de paix en une Ecole de philosophie ouverte à toutes sortes de personnes lettrées sans distinction de sexe ni de religion. Les Catholiques, les Calvinistes, les Luthériens, les Sociniens et les Déistes y étaient également bien reçus. Pour y être admis il fallait être partisan de la philosophie cartésienne. On voit que la Princesse Elisabeth avait des opinions très-larges. « La vertu de son cher maître, dit Baillet, qu'elle témoignait avoir reconnue et honorée très-particulièrement ne lui permettait pas de ne pas estimer la religion catholique dont elle lui avait vu faire les exercices. Les engagements de sa naissance et les préjugés de sa première éducation la retenaient attachée à la religion de sa famille qui était le Calvinisme, dont elle fit profession au moins extérieurement jusqu'à sa mort. Son dernier établissement l'engageait au Luthérianisme, ayant à vivre dans une abbaye de constitution luthérienne et à gouverner des Religieuses qui en faisaient profession. » Cette abbaye fut considérée comme une des premières écoles cartésiennes, mais elle ne subsista que jusqu'à la mort de la Princesse, en 1680.

Les principaux personnages cités dans ces nouvelles lettres de Descartes sont Monsieur Reneri et de Roi (le second connu sous le nom de Regius) qui tous deux professaient dans le sens de la Méthode ; M. de Zuytlichem collaborateur de M. de Pollot dans les expériences relatives à la taille des verres, poète cartésien et correspondant du philosophe; Mme la Princesse de Bohême, MM. de Pollot, et Voetius déjà mentionnés, M. Vassenaer, médecin issu d'une des plus anciennes familles de Hollande; M. de la Thuilerie, ambassadeur de France que nous avons vu intervenir dans les démêlés entre Descartes et Voetius et rendre ainsi de grands services au premier, M. Vander Hooleck, magistrat de la ville d'Utrecht et qui favorisa dans cette Université la diffusion des idées cartésiennes ; S, A. le prince d'Orange qui fonda l'Université de Bréda et protégea Descartes contre les magistrats d'Utrecht ; M. Brasset résident de France à la Haye, ami et correspondant du philosophe auquel il rendit service dans l'affaire qu'il eut contre les théologiens et les ministres de Leyde, Schoock qui se joignit à Voetius pour écrire contre Descartes, Stampion fils d'un mathémacien d'Amsterdam et qui se rendit fort ridicule par une gageure avec M. Vassenaer le fils par lequel il fut battu, etc.

Ce Stampion était un véritable charlatan qui attaqua de la manière la plus hardie et sur un point de mathématiques le jeune Vassenaer. Ce dernier confondit l'ignorance de son antagoniste en répondant selon les principes de Descartes.

Les lettres qui suivent sont datées de quatre endroits différents. De Hautporte près d'Alkemar, de Leyde, d'Egmond du Hœf, et d'Endegeest.

La dernière de ces localités située près de Leyde à deux lieues seulement de la Haye semble avoir été plus que les autres appropriée aux goûts solitaires et méditatifs du philosophe. Voici en quels termes M. le comte Foucher de Careil décrit cette charmante résidence :

« Une visite récente à Endegeest nous permettra, dit-il, de décrire le lieu et les abords de la retraite de Descartes. Quand on sort de Leyde, vers le Nord-Ouest, on trouve une prairie couverte de troupeaux et coupée par de nombreux cours d'eau, dont un est navigable en barque. Une chaussée en briques traverse la prairie et tourne à gauche vers un bois de haute futaie à travers

lequel on aperçoit des maisons de briques cou-
vertes de tuiles avec leurs parterres en fleurs. Une
grille porte ces mots *Endegeest* et une allée sablée
conduit au château qu'habitait Descartes vers
1641. Une sorte de portique aux armes des Ge-
vers qui sert de galerie en été, de serre en hiver,
donne accès dans une cour d'honneur, et le ma-
noir d'Engedeest présente sa façade de briques
un peu écrasée, mais flanquée de deux pavillons.
Quelques marches conduisent dans les apparte-
ments intérieurs. Au premier, on montre encore
dans l'une des tours une chambre de forme octo-
gone terminée en coupole qui donne sur les grands
arbres du côté ôpposé à Leyde et à ses moulins.
C'était la chambre de Descartes. Dans la cour
règne une galerie couverte; c'était, nous dit-on,
le promenoir du philosophe. On remarque encore
les charmilles de hêtre du côté du parc, et le par-
terre de forme bizarre que Descartes se plaisait
à cultiver. »

Les séjours de Hautporte et d'Egmond lûi
offraient aussi leurs avantages en favorisant
pour lui l'exercice de la Religion romaine. Il y
avait là une église pour les catholiques fort nombreux dans cette contrée.

Quant à la résidence de Leyde en 1640, elle plut à
Descartes en raison de son climat. Le philosophe
avait l'intention de se loger dans une maison de

campagne non loin d'Ultrecht, pour faire plaisir à Régius et aux autres amis qu'il avait dans
cette ville. Mais le climat de cette dernière lo-
calité lui paraissant trop violent il alla demeurer
à Leyde.

LETTRES INÉDITES

DE

DESCARTES

I

Monsieur,

Ayant veu plusieurs marques de vostre
bienvueillance tant dans la lettre que M. Renery a receue icy de votre part que dans
une autre que vous m'avez fait l'honneur de
m'écrire l'esté dernier avant le siege de Bre-
da, ie pense estre obligé de vous en remercier
par celle–cy, et de vous dire que i'estime si
fort les personnes de vôtre mérite, qu'il n'y
a rien en mon pouuoir que ie ne fasse très
volontiers pour tasher à me rendre digne de
votre affection. Que si tous les hommes
estoient de l'humeur que ie vous croy, ie
vous asseure que ie n'aurois nullement
delibéré touchant la publication de mon
monde, et que ie l'aurois fait imprimer, il
y a dejà plus de deux ans, mais les raisons
qui m'en ont empeché me semblent de iour
à autre plus fortes, et si ie ne puis si bien
faire que certaines gens ne trouvent aucune

occasion de me reprendre, i'aime mieux que ce soit desormais mon silence qu'ils blâment, que mes discours. Je tiens à grand honneur que vous veuilliez prendre la peine d'examiner ma Geometrie, et ie vous garde l'un des six exemplaires qui sont destinez pour les six premiers qui me feront paroître qu'ils l'entendent. Pour le petit escrit de Méchaniques que i'envoyai il y a quelque temps à M. de Zuylechem, ie ne m'y suis reservé aucun pouvoir et ainsi comme ie ne saurois trouver que très bon qu'il vous le communique, s'il luy plaist, aussi ne saurois ie trouver mauvais qu'il s'en abstiene pour la honte que i'ay qu'on voye de moy un escrit si imparfait, ie suis

    Monsieur

Votre très humble et très acquis serviteur.

                   DESCARTES.

Du 12e février 1638.

II

Monsieur,

Ie n'ay receu la lettre que vous m'avez fait
l'honneur de m'ecrire que le 4 de ce mois
bien qu'elle soit dattée du 15 du precedent,
ce que ie marque afin que vous sachiez que
ie n'ai point différé à y repondre a dessein
de vous ôter l'occasion de me faire la faveur
de venir icy suivant l'offre que vous en faites. Il est vray que i'aurois trez mauvaise
grace de vous convier à prendre de la peine
pour vous rendre en un lieu ou vous ne
sçauriez étre si bien receu que vous meritez,
et les regles de la bienseance me le deffen-
dent, mais ne peuvent m'empecher de vous
témoigner que si neanmoins il vous plaît de
le faire i'en seray trez aise et vous en auray
obligation. Ce que ie vous eusse écrit dez
hier sinon que i'ay voulu prendre ce jour
pour voir le livre qu'il vous a pleu m'envoyer. Je m'asseure que vous attendez que

ie vous en mande mon opinion, mais ie
m'en dispenseray s'il vous plaist jusques à
ce que i'aye l'honneur de vous voir; car ie
n'en sçaurois rien dire de vray qui ne soit
trop au desavantage de l'autheur, et si c'est
un homme que vous aimiez ie seray trez
marry de luy deplaire. J'ay fort plaint la
mort de Mr Renery, i'allay pour le voir si
tost que i'eu apris que son mal avoit passé
les bornes d'une simple fièvre, mais i'en
avois été averti si tard que ie ne le trouvay
plus en estat de recevoir aucune assistance
de ses amis, et mon voyage fut en tout si
peu heureux que même ie ne vous trouvay
point à Utrecht où ie pensois que vous fis-
siés votre demeure. Je croirois vous faire un
mauvais compliment si ie plaignois icy l'in-
comodité que vous eûtes l'année passée car
tout philosophe que ie suis, i'aimerois mieux
avoir été pris avec vous si ie m'étois trouvé
en même occasion que de m'ètre retiré avec
les autres mais ie me réiouis de ce que vous
estes en bonne disposition et suis

Vostre, etc.

DESCARTES.

De Hantporte à une lieue de Harlem vers Alkmaer
le 6me may 1639.

III

Monsieur,

Ce n'est icy que de mauvais papier que ie
vous envoye et c'est plutost une importunité
qu'un present, mais pour ce que lorsque
i'eu dernierement l'honneur de vous voir
vous temoignates vouloir prendre la peine
d'envoyer un de ces mauvais liures à la Haye
j'ay pensé que ie ne devois pas oublier de
vous en faire presenter deux par Waessenaer et ie luy mande aussi qu'il y ioigne un
certain Pasquil que Stampion a fait cy-de-
vant contre luy sans avoir jamais été offensé
par luy en la moindre chose; car c'est une
pièce qu'il me semble mériter d'être veue
par ceux qui ont quelque interest à connoi-
tre les mœurs de cet homme, principalle-
ment s'ils sont avertis que la solution qu'il
promet là n'est pas plus possible que de
blanchir un More, et qu'en gourmandant
Waessenaer comm'il fait pour ce qu'il avoit

Escrit qu'il n'y a point de regle pour de telles impossibilités que luy se vante de sçavoir, ses injures et ses calomnies sont d'autant plus grandes que tout ce qu'il dit est plus extravagamment et plus ridiculement faux. Mais c'est trop vous entretenir d'un si sale sujet et ie n'ajouteray autre chose, sinon que ie suis, etc.

DESCARTES.

De Leyde ce 7ᵐᵉ may 1640.

IV.

Monsieur,

J'avois déjà cy deuant ouï dire tant de merveilles de l'excellent esprit de Madame la Princesse de Boëme, que ie suis pas si étonné d'aprendre qu'elle lit des Escrits de méthaphisique, comme ie m'estime heureux de ce qu'ayant daigné lire les miens Elle témoigne ne les pas desaprouver, et ie fais bien plus d'Estat de son jugement que celuy de ces Mrs les Docteurs qui prenent pour de la verité les opinions d'Aristote, plutost que l'evidence de la raison. Je ne manqueray de me rendre à la Haye si tost que ie sçauray que vous y serez, affin que par votre entremise ie puisse avoir l'honneur de lui faire la reverence et recevoir ses commandemens. Et pour ce que j'espere que ce sera bientost ie me reserve à ce temps là pour vous entretenir plus au long et vous remercier des obligations que ie vous ay, ie suis etc.

.DESCARTES.

D'Endegéest le 6me d'octobre 1642.

V.

(Cette lettre est adressée à M. Van Surek.)

Monsieur,

Je vous considère comme un bon Ange
que Dieu a Envoyé du Ciel pour me secourir,
et pour ce que c'est votre seule vertu qui
vous a fait avoir pitié de mon innocence
avant même que vous m'eussiez jamais vû, ie
me tiens plus asseuré de votre bienveuillance
que si ie l'avois acquise d'autre façon. C'est
pourquoi ie prends icy la liberté de vous
supplier trez humblement, puisque vous
jugez qu'il n'y a que l'authorité de son Altesse meüe par l'intercession de M. l'ambassadeur qui me puisse tirer hors des pieges
qu'on m'a tendus, de me vouloir tant obliger que d'en parler à l'un et à l'autre pour
leur faire entendre l'estat de l'affaire et le
grand besoin que i'ay de leur aide, et aussy
combien il est equitable qu'ils me secourent.
J'en Ecris particulierement à M. l'ambassadeur, et luy mande que vous le verrés et

irez avec lui s'il luy plaist chez son Altesse,
car M. de Pollot m'a fait esperer que vous
ne me refuserez pas cette faveur et ie seray
toute ma vie, Monsieur, etc.

DESCARTES.

Du Hœf en Egmond le 17ᵉ octobre 1643.

VI.

(à M. de Pollot.)

Monsieur,

J'ay eu trois fois la plume à la main pour
escrire à M. Vander Hoolek et trois fois ie
me suis retenu car en relisant les lettres que
vous m'avez fait l'honneur de m'escrire, ie
ne me trouve point encore hors de scru-
pule, et quoique ie ne doute point que M. Vander ne me veuille du bien et qu'il ne soit
trez honnête homme, ie ne laisse pas de
craindre que pour sauver l'honneur de sa ville
il ne veuille conduire les choses d'un biais
qui ne me soit pas avantageux, car vous me
mandés qu'on a trouvé des expédiens pour
faire que la cause ne se termine point par
sentence, et pour moy de l'humeur que ie
suis j'aimerois mieux qu'ils me condamnas-
sent et qu'ils fissent tout le pis qu'ils pour-
roient pourveu que ie ne fusse pas entre

leurs mains, que non pas que la chose de-
meurat indécise, car cela etant il serait
touiours en leur pouvoir de la renouveller
quand ils voudroyent, Et ainsy ie ne serais
iamais assûré, outre qu'ils m'ont deja diffamé
en condamnant mon livre comme faméux
et me faisant citer par l'Escoutete, en l'absence duquel mardy qui estoit le jour de
l'assignation son procureur demanda deffaut
ét prise de corps contre moy, sur quoy les
juges n'ordonnèrent rien mais remirent
l'affaire à une autre fois. Les choses étant en
ces termes ie ne vois point d'expédient pour
me tirer du pair que de prendre à partie
l'escoutete et les Magistrats qui m'ont desja
condamné sans avoir aucun pouvoir sur moy,
et employer le crédit de M. l'ambassadeur
pour demander à Son Altesse que ie puisse
avoir des juges non suspects qui décident
l'affaire, c'est chose qu'on ne peut refuser,
et cette cause a desja été jugée en ma faveur
par tant de milliers d'hommes qui ont leu
les livres de part et d'autre que des juges
qui auront tant soit peu leur honneur en recommandation n'oseroyent manquer de me
faire Justice. Je scay bien que cela me don-
neroit de la peine, mais ie scay bien

aussy qu'en quelque façon que la chose
tournast elle seroit grandement au deshon-
neur de Mrs d'Utrecht, et selon toutes les regles de mon Algebre je ne voy pas qu'ils se
puissent exempter de blasme si ce n'est
qu'ils veuillent eux-mêmes ouvrir les yeux
pour reconoistre les impostures et calomnies
de V. (¹) et qu'en le condamnant ils m'absol-
vent et declarent qu'ils avoyent été mal in-
formés. Ce qui seroit fort aisé s'ils le vouloyent,
car toute leur action contre moy étant fon-
dée à ce que i'entens sur ce que V. déclare
n'estre point complice du livre de Schook,
pour peu qu'ils s'en veuillent enquerir ils
trouveront aisement le contraire, et puisqu'il
a demandé d'eux une si rigoureuse punition
des calomnies qu'il pretend que i'ai Escrites
contre luy, par ses mêmes loys ils auront
droit de le chatier pour celles qu'il a fait
escrire contre moy. Ou bien si ie ne vaux pas
la peine qu'ils me fassent Justice en cela,
s'ils veulent seulement avoir égard à ce qu'il
a fait contre Mrs de Boisleduc, ils ne trouveront que trop de sujet pour le condamner.

(¹) Il s'agit de Voëtius.

Je vous diray donc icy entre nous que si M. Vander Hooleck medite quelque chose de semblable et qu'il se promette d'en pouvoir venir à bout avec le temps, ie seray bien ayse de temporiser, et de faire cependant tout ce qui sera en mon pouvoir pour y contribuer. Mais s'il veut seulement tacher d'assoupir les choses affin qu'on n'en parle plus, c'est ce que ie ne désire en façon du monde, Et plutost que de m'attendre à cella, ie me propose d'aller demeurer à la Haye pour y soliciter et demander justice, jusques à ce qu'elle m'ayt été rendue ou refusée. C'est pourquoy i'ose vous supplier de vouloir un peu plus particulierement sçavoir son dessein s'il est possible, je suis desja si accoutumé à vous donner de la peine qu'il me semble avoir droit de vous en donner encor davantage, et toutefois ie ne sçaurois estre plus que ie suis, Monsieur

DESCARTES.

Du Hœf le vendredi 23e octobre 1643.

VII.

(A M. Van Surek à la Haye).

Monsieur,

Après la lettre de femme que vous avez veue i'en ay encore trouvé icy une d'un homme, et d'un homme qui ne s'epouvante pas aisement, en laquelle il repete la même chose, et qu'il y a un accord, entre les Provinces d'Utrecht et de Holande que les sentences qui se font la se peuvent exécuter icy. On me dit de plus qu'il ont escrit pour cella à la Cour de Hollande, de façon que s'ils y obtiennent ce qu'ils desirent il pourroit arriver que sans que i'y pensasse on viendroit à Hoef saisir mes papiers qui est tout le bien qu'ils pourroyent saisir, et brusler cette malheureuse philosophie qui est cause de toute leur aigreur, et il ne se faut pas reposer sur ce que selon les formes on doit encore attendre quelques defauts, car ils sont resolus de faire tout contre les for-

mes, c'est pourquoy ie vous prie de voir
M. de Pollot et luy communiquer cette lettre
pour le prier de voir M. Brasset et faire qu'il
continue le dessein qu'il avoit dimanche de
supplier son altesse qu'il luy plaise en faire
escrire de sa part au provost d'Utrecht pour
faire cesser ces procedures.

Je suis etc.

DESCARTES.

De Leyde en passant le mardy à midy.

VIll.

(A M. de Pollot.)

Monsieur,

Vous avez beaucoup plus fait. pour moy
que ie n'eusse peu faire moy-même, voir
que ie n'eusse osé entreprendre, et les re-
commandations qui viennent de vous ont
sans comparaison plus de poids que celles
qui viennent de moy, c'est pourquoy i'at-
tribue à mon bonheur que ie ne me suis
point trouvé ces jours à la Haye: — mais
neanmoins ie vous promets de ne manquer
pas d'y aller une autrefois au moindre avis
que i'auray de vous ou de quelqu'autre de
mes amis qui le juge a propos. Mais M. l'ambassadeur ayant declaré qu'il entreprendroit
mon affaire à bon escient, et son altesse
même m'ayant fait la faveur d'en faire escrire et d'en parler, il ne me semble pas
que ie doive rien craindre, et ie me propose
d'en attendre les evenemens sans inquietude.

On m'ecrit d'Utrecht que messieurs les Etats de la province ont esté assemblez les trois derniers jours de la semaine passée, et qu'ils ont disputé avec beaucoup d'animosité touchant les privileges de leur Academie, mais que la ville a été contrainte de ceder aux chanoines et aux nobles, et de casser ce qu'elle avoit fait, on me mande aussy qu'entr'autres propos le President avoit fait mention des mauvaises procedures dont on usoit contre moy, et ce que i'admire le plus c'est qu'on aioute que Mrs du Vroetschap se persuadent que c'est moy qui suis cause de ce qu'on leur a fait rompre ce qu'ils avoyent fait et qu'ils sont d'autant plus irritez contre moy. Quelques uns d'eux on tenu aussi des discours en presence de ceux qu'ils pensoyent que i'en serois averty, qui temoignent qu'ils craignent que ie reponde à leur *testimonium academiae etc...* et en effet si la chose en valoit la peine il ne me faudroit qu'une après dinée pour faire voir bien clairement l'impertinence et la mauvayse foy de ceux qui l'ont escrit, mais vous savez que ie l'ay jugé indigne de reponse si tost que ie l'ay veu, et mon affaire etant en si bonne main comme elle est, ie ne suis pas si indiscret qne d'entreprendre aucune chose sans commandement ou permission. On m'a mandé aussi qu'on avoit recommencé d'imprimer le livre de Schoock contre moy et qu'il y a longtemps que les trois premieres feuilles sont faites, mais que le reste ne vient point, et comme on croit ne viendra point. C'est grand pitié que de n'aller pas le droit chemin, on est contraint de retourner souvent sur ses pas, et on prend beaucoup de peines inutiles, ie ne me remue point tant, mais graces à Dieu ie vay toûiours un même train, et ie suis toûiours avec la même passion etc...

DESCARTES.

Du Hoef le 17 Mars 1643.

IX.

Monsieur,

Sur ce que vous m'ecriviez dernierement
de Mme la Princesse de B. i'ay pensé estre
obligé de luy envoyer la solution de la question qu'elle croit avoir trouvée et la raison
pourquoy ie ne croy pas qu'on en puisse
bien venir à bout en ne supposant qu'une
racine. Ce que ie fais neanmoins avec scru-
pule, car peut estre qu'elle aimera mieux
la chercher encore que de voir ce que ie
luy en escris, et si cella est ie vous prie de
ne luy point donner ma lettre si tost. Je
n'y ay point mis la datte peut estre aussy
qu'elle a bien trouvé la solution mais qu'elle
n'en a pas acheve les calculs qui sont longs
et ennuyeux et en ce cas ie seray bien ayse
qu'elle voye ma lettre car i'y tache à la
dissuader d'y prendre cette peine qui est
superflue. Je suis, etc.

DESCARTES.

X.

Monsieur,

Je n'avois point encore ouy ce que vous
m'apprenez à scavoir que MM. les Députés
ont tiré parolle des Bourguemaistres et
Eschevins qu'ils ne passeroyent point outre
en leurs procedures contre moy. Mes amis
d'Utrecht ne m'ont rien escrit de semblable mais bien au contraire que ces MM.
de Vroetschap sont plus animés contre moy
qu'auparavant pour ce qu'ils pensent que
c'est moy qui suis cause qu'ils ont esté
contraints de revoquer les nouvelles loix
de leur Académie; et veritablement en tant
que ça été à dessein de me desobliger
que mon ennemi les avoit portés à le faire
et que s'ils ne les eussent point faites ils
n'eussent point été forcés à les rompre.
Même on m'a menacé depuis de leur part
que si ie repondois au livre intitulé : Testimonium Academiae où il m'accusent d'a-

voir rempli mes escrits de menteries, sans
toutefois qu'ils en puissent marquer aucune,
et ils ont fait imprimer ce livre depuis
que M. le Rierseróit leur eut escrit en ma
faveur par le commandement de S. A.; ils
m'ont dis-ie fait menacer qu'ils se saisiroyent
de certaine rente qu'ils ont sceu que i'avois
en cette province et ainsi ils veulent que ie
me laisse battre sans me deffendre et estre
les maitres de l'honneur et des biens d'un
homme qui n'est point leur suiet et qui ne
leur a iamais fait aucun deplaisir. Sans que
le nom de son Altesse, ni la justice de ma
cause, ny les iugemens de tous les gens
d'honneur de ce pays qui leur donnent le -
tort les en détourne. Ce qui me fait croire
qu'ils se laissent encore conduire par l'esprit
violent de mon ennemy et que cette brouil-
lerie n'a servy qu'à l'affermir en sa puis-
sance. Mais ie n'ay pas peur pour cella qu'ils
me nuisent, et ie n'escris point cecy pour di-
minuer l'obbligation que i'ay à ceux qui
m'ont fait la faveur de s'employer pour moy,
au contraire ie l'estime d'autant plus grande
que ie voy que ceux qui me vouloyent nuire
sont plus animés contre moy, et ie n'eusse
osé rien esperer de si avantageux que d'estre

ainsi tiré à haute lutte hors de leurs mains
par les deux principaux membres de leur
Estat. Je ne suis pas marry aussy que cette
occasion m'ait fait employer beaucoup de
personnes, c'est a faire à ceux qui sont d'humeur ingrate _de craindre d'estre obligés à
quelqu'un, pour moy qui pense que le plus
grand contentement qui soit au monde est
d'obliger, ie serois quasi assés insolent
pour dire à mes amis qu'ils me doivent du
retour lorsque ie leur ay donné l'occasion
de le recevoir en me laissant obliger par eux.
Mais surtout ie pense avoir beaucoup gagné
en ma querelle pour ce qu'elle est cause que
i'ay l'honneur d'estre connu de son Altesse
et de luy avoir de très grandes obligations;
car enfin c'est à sa seule faveur que ie doy
maintenant ma seureté et mon repos qui
sont les biens que i'estime le plus au monde.
Tout ce que MM. les Députés ont fait n'a
été qu'à sa considération et ie m'asseure
que vous même, bien que ie ne doute nullement de l'affection que vous m'avez touiours
temoignée, n'auriez osé iamais tant faire
pour moy si vous n'aviez iugé que Son Altesse ne l'auroit pas desagréable. En fin comme ie croy que MM. du Vroetschap d'Utrecht

me veulent à cause qu'ils pensent m'avoir
desobligé sans que ie leur en aye donné
aucun suiet ainsy i'ose maintenant me per-
suader que Son Altesse me veut du bien veu
qu'elle m'en a deja beaucoup fait sans que ie
l'eusse merité par aucun service. Mais pour
ce que ie n'ay l'honneur d'en estre connu
que par le favorable raport que vous et M.
de Zuylechem luy pouvez avoir fait de moy,
ie ne laisse pas en achevant mon calcul de
trouver que c'est encore à vous que ie
dois tout. Aussy suis-je, M. etc.

DESCARTES.

Du Hoef le 30 Nov. 1643.

XI

Monsieur,

Ie ne pouvois recevoir d'estrenes à ce
nouvel an que i'estimasse davantage que les
lettres que vous m'avez fait la faveur de
m'écrire, non seulement à cause qu'elles
m'asseurent de votre amitié de laquelle
i'avois desja tant d'autres preuves que ie
serois le plus ingrat du monde, si ie ne
manquois de la croire et de m'efforcer par
tous moyens de la mériter, mais aussi à
cause que vous m'apprenez que son Altesse
n'a pas desagreable le desir que i'ay de luy
pouvoir rendre service en l'affaire dont ie
vous avois parlé, Ce qui me persuade que ie
pourrois peut estre ne luy estre pas inutille
en cella, est qu'estant dernierement à la
Haye M. de Bergue me fit voir chez lui un
avocat nommé ce me semble Bergoes, qui
me montrant en la carte generalle de Holande le lac qui est entre Dort et Geertruy-

demberg me dit que la question consiste
en ce qu'une partie de ce lac apparte-
nant à son Altesse et l'autre à la Comté de
Hollande, les limites qui distinguent ces
deux seigneuries ont autrefois esté mesurées
par la distance de certaines places imobiles
et par le Nord et le Sud et qu'après cella on
a ietté certaines pierres dans l'eau pour les
marquer et que maintenant les lieux où ces
pierres se trouvent diffèrent beaucoup de
ceux qui montrent ces mesures, et nomme-
ment qu'elles sont plus proches du costé de
Geertruydemberg et aussy que l'eau y est plus
proffonde et que les pescheurs de l'autre
costé se réglant sur cette proffondeur de
l'eau se sont avancés peu à peu vers la, et
aussy ont usurpé une pocession au preiudice
de son Altesse : car ie pense pouvoir démon-
trer par une raison de mechanique très certaine que ces pierres tant grosses qu'elles
soient doivent avoir changé de place et s'être
avancées vers Geertruydemberg parce que la
terre s'y trouve plus basse que vers l'autre
costé ou il dit qu'elle commence à se seicher
et peut estre qu'étant sur les lieux et y con-
sidérant les divers cours des eaux de ce Lac
on pourroit deschiffrer la raison pourquoi

chaque pierre a plus ou moins changé de
place ; car ie ne doute qu'elles n'ayent changé
en tant qu'elles manquent à s'accorder avec
les mesures des Arpenteurs lesquels ne sau-
royent avoir gueres failly parce qu'ils les ont
prises en diverses façons. Et ce qu'on allè-
gue touchant la déclinaison de l'aymant n'a
aucune force, car on a corrigé toujours dans
les Boussoles, et bien qu'elle eut esté autre
il y a cinquante ans qu'elle n'est à présent,
les Boussoles d'alors n'auroyent pas laissé
de montrer le Nord au même lieu que font
celles d'aujourd'huy. Mais ie n'ose encore rien
asseurer de tout cecy parce que ie n'en ay
qu'une trop légère instruction, ie puis seulement dire que ie seray prest en tout temps et
à toutes heures pour aller sur les lieux et faire
tout ce qui me sera possible pour tacher de
rendre quelque peu de service à son Altesse
et que ie le tiendray à un extreme bonheur
si i'en suis capable.

Je n'ay jamais fait de traité de l'aymant
mais la troisième partie de ma philosophie
que i'escris en latin en contient les principes. Et i'en explique les propriétés à la fin
du quatrième, laquelle j'achève maintenant,
en sorte que i'en suis en cet endroit-là, sitôt

que ie les auray escrites en latin, ie ne manqueray de vous les envoyer aussy en françois car il ne me faudra que deux ou trois
heures pour les y mettre, mais il me faudra
peut-être quelques semaines pour les digé-
rer en latin, car i'ay quantité d'autres occu-
pations et le libraire qui a commencé d'imprimer ce livre ne pouvant arriver à la fin
de deux ou trois mois, ie ne me hate pas de
l'achever et n'y pense qu'au jour où il ne
me survient point d'autre affaire.

Je suis extremement aise de ce que vous
avez répondu à M. Brasset que je desire justice, et ie luy suis obligé de ce qu'il a pro-
mis de prier M. l'Ambassadeur d'écrire pour
me le faire obtenir. Ie voy par là qu'il est
plus officieux par effet que par apparence,
et c'est cette sorte d'amis que i'estime le
plus. Ce qu'il me dit dernièrement en vostre
presence m'empeche de presser davantage
l'affaire, car mon humeur n'est pas de na-
viger contre le vent; et bien qu'il m'eut
parlé plus favorablement deux ou trois jours
après et que M. l'Ambassadeur m'ait offert
depuis cella son assistance avec toute la
franchise que ie pouvois souhaiter, il me
semblait toutefois devoir attendre pour ne

me rendre pas importun. Maintenant puisque i'espere de sa part il faut que ie tache
de cooperer à sa grace pour ne la rendre
pas infructueuse et pour cest effet j'ecriray
aussy deux lettres en forme de requête l'une
à luy pour luy expliquer les raisons qui
m'obligent d'avoir recours à sa faveur et
qu'elle puisse estre jointe à la sienne, s'il le
iuge à propos, l'autre à MM. de Groningue
pour leur faire voir l'équité de ma cause.
J'écriray ces deux lettres en *latin* si ce n'est
qu'on iuge plus decent que i'escrive à Monsr
l'ambassadeur en françois. Et pour ce que
i'habite dans le desert permettez-moy que ie
vous demande à vous qui estes maitre des
ceremonies comment ie dois mettre la su-
perscription de ces lettres pour Mr de Bro-
ningue. Je croy que c'est *Illustrissimis et
præpotentibus Græningæ atque Omlandiæ
Ordinibus*, mais pour M. l'ambassadeur ie
serois bien ayse de l'apprendre de Mr Brasset affin de mettre en la meilleure façon et la
plus avantageuse, aussy bien ne saurois-ie
envoyer ces lettres que dans 8 jours car
nous n'avons point icy de messager asseuré
que celuy qui part le Samedy d'Alkemar, et
ie luy dois envoyer celle-cy dès ce soir deux

ou trois heures après avoir receu votre pac-
quet, dans lequel i'ay trouvé une lettre qui
m'apprend encore de fort bonnes nouvelles
du côté de Groningue comme celluy qui me
l'a envoyée vous pourra dire. Je suis, Monsieur, etc.

DESCARTES.

Du Hoef le premier jour de l'an 1644, que ie
vous souhaite heureux et cent autres après.

XII

Monsieur,

Ma colère n'est pas si violente que ie ne puisse fort bien attendre jusques à la fin du règne de mon adversaire si on juge que ie ne puisse pas facilement avoir raison de luy sans cella, et cel la est cause que ie n'envoyerai point encore ma requête à M. l'Ambassadeur à ce voyage, mais ie ne lairray pas de l'envoyer dans 8 ou 15 jours car il n'importe pas qu'elle arrive un peu trop tost, mais suis encore en doute si i'en dois faire aussy une pour Mrs de Groningue car je me souviens que M. de Brajomckel me dit dernierement qu'il n'était pas besoin et que M. l'Ambassadeur me faisant la faveur de leur demander justice pour moy, ils seroyent obligés de la faire sans que ie me rendisse partie, et cella me semble aussy fort raisonnable, car Vœtius n'ayant rien fait en son nom à Utrecht et le Magistrat

seul s'en estant meslé, ils ont rendu l'affaire
publique, j'ay encore trouvé ces paroles
d'avis dans la lettre enclose avec vostre dernière. S'il vous plaist d'aller à Groningue
avec les lettres de S. Al. et des Ambassadeurs pour demander justice vous l'obtien-
drez sans doute et fort avantageuse. Mais ie
ne considere en cella que les derniers mots
car il n'y a point d'apparence de desirer des
lettres de son Altesse pour cella et ie croirois faire tort à M. de la Thuillerie si ie
m'adressois à d'autres ambassadeurs que
luy, et sur ces seules lettres ils seront plus
obligés de faire iustice que si i'allois là les
porter car ils me pourroyent payer de delais
infinis. Au reste il m'importe extremement
de demander iustice à Groningue car on
m'assure que Schoock a desja dit que s'il estoit attaqué par moy il déclareroit librement
ce qui estoit de luy et ce qui estoit de
Vœtius, que la préface qui est le pire de tout
n'est nullement de luy, et que le Magistrat
dit avoir veu des lettres qu'il avoit escrites
à Vœtius ou il mandoit qu'il prevoyoit bien
que ce livre ne luy tourneroit pas à honneur,
et qu'il n'entreprenoit de l'escrire que pour
l'amour de luy, et qu'il s'appuyoit sur son

authorité, ainsy peut–estre qu'on découvrira
diverses choses par son moyen. Et si ie puis
avoir sa deposition ie ne doute point que ie
n'obtienne aussy justice à Utrecht. Je remer-
cieray cy–après M. Brasset de ce qu'il a fait
pour moy, et de ce qu'il a disposé aussy
M. Aldringa a escrire. Ie viens de lire les
Thèses d'un Professeur en Philosophie de
Leyde qui s'i déclare plus ouvertement pour
moy et me scite avec beaucoup d'eloges que
n'a iamais fait M. de Roy. Il a fait cella sans
mon conseil et sans mon sceu car mesme il
y a trois semaines qu'elles sont imprimées
et je ne les receus que hier mais elles fasche-
ront fort mes ennemis, car il y a quelque
temps que ce mesme en ayant fait d'autres
de fermis subtantialibus, ou il sembloit estre
pour Aristote, et toutefois en effet il estoit
pour moi, à ce qu'on m'a dit car ie ne les
ay point veues, Voëtius luy escrivit aussy-
tôt pour luy congratuler et l'exhorter à continuer. On me mande aussy qu'il y en a un
à Groningue qui veut estre de mon coté, ces
choses là ne me touchent guères, mais ce
sont des coups d'état pour mon adversaire
qui ie croy ne dort pas si bien que moy. Je
vous suis obligé si extremement et suis en-

core en train de vous tant importuner que ie n'en ose parler ni vous dire autre chose sinon que ie suis, Monsieur, vostre, etc.

DESCARTES.

Je joins icy trois lettres deux desquelles viennent de France et seront s'il vous plaist adressées par quelqu'un de ses gens qui portera aussy la 3e à M. de Mory et à Mme de Wilhelm afin qu'ils luy fassent trouver le chemin de Boisleduc car ie ne scay si i'ay bien mis l'adresse.

Du Hoef le 8e janvier 1644.

XIII.

Monsieur,

Je viens d'apprendre que le règne de
Schoock dure encore si longtemps que ie.
ne voy aucune apparence d'en pouvoir attendre la fin, qui ne sera, ainsy qu'on escrit que vers les jours caniculaires. C'est
pourquoy i'ay escrit mes lettres et vous les
envoye ouvertes afin que s'il y manque ou
qu'il y faille changer quelque chose vous
m'obligiez de m'en avertir, la longue lettre
latine n'est pas seulement pour me servir à
présent, mais aussy pour être une partie de
mon apologie en cas qu'on me contraigne
d'en escrire une. Il me semble que le rec-
torat de mon adversaire ne luy peut gueres
ayder, car il n'y a point d'apparence que
les lettres où on se plaint directement de
luy soient mises entre ses mains ni par con-
séquent qu'il puisse empêcher qu'elles ne
soient veues; et ceux qui m'ont asseuré que

i'aurois justice ont bien sceu qu'il est Rec-
teur et que c'est aux Professeurs à connoi-
tre de sa cause et toutefois il n'y ont pas
fait de difficulté. Je croy qu'il importe beau-
coup que Mr Aldringa escrive avec M^r l'Amb.
car il leur pourra temoigner qu'on prend
l'affaire à cœur, et afin qu'il ne semble pas
que ma cause soit peu favorable, d'autant
qu'on iuge à l'abord que c'est une vengeance
que ie demande, je seray bien ayse qu'on
sache que mon intention n'est pas de faire
aucun mal à Schoock, mais seulement de
me delivrer des persécutions d'Utrecht, de
la continuation desquelles ie suis encore
tous les iours menassé de la part des Voetius et je ne voy point d'autre moyen pour
les faire cesser qu'en contraignant Schoock
à dire la verité ou bien à estre condamné,
j'obmets les compliments, car ce que ie
vous dois est au delà de toute expression et
ie suis, Monsieur, etc...

DESCARTES.

Je vous laisse la peine de cacheter s'il
vous plaist les encloses.

Du Hoef le 15e Janvier 1644.

38

XIV.

Monsieur,

Sur ce que vous m'avez fait la faveur de
me mander, des difficultés de Mr Brasset,
et aussy que Mr Aldringa iuge à propos que
les lettres soyent adressées au Senat academique, je vous envoye encore un mot de
requete ou ie croy n'avoir rien mis qui ne
se puisse aussy bien rapporter aux effets de
la Province qu'au Senat academique, et
i'ay obmis le tittre afin qu'il y puisse estre
ajouté selon que vous et ces M^rs iugerez à
propos car il n'importe pas qu'il soit escrit
d'une autre main que de la mienne, et peut-
être que M^r l'Ambassadeur ne voudra escrire
qu'aux Etats, mais si Mr Aldringa le con-
seille ma requête ne lairra pas d'etre adressée au Senat, et cela ostera aussy la difficulté de M. Brasset, car ie ne demande autre chose de M. l'Ambassadeur sinon qu'il
veuille recommander mon affaire, et ce que

que j'avois ajouté que comme le magistrat
d'Utrecht a entrepris l'affaire pour Vœtius,
ainsy i'esperois qu'il l'entreprendroit pour
moy, ce n'est point afin qu'il le scashe ny
afin qu'il face rien de plus pour cela, mais
à cause que l'affaire est si claire que i'espere que 'la seule recommandation me le
fera gagner et aussy que Mr de Brasjonkel
m'avoit dit que ce seroit assez que Mr l'Ambassadeur prist la peinç d'escrire en ma faveur sans qu'on joignisse les lettres. Au
reste vous m'obligerez en tout si extremement que ie me ferois tort à moy-même si
je vous priois d'aucune chose en particulier
car vous faites toujours plus pour moy que
je n'ay osé desirer, et afin que vous ne preniez point plus de peine que la chose ne
vaut, ie vous diray seulement en géneral
que tout mon dessein est de demander justice en la meilleure façon que ie pourray
pour satisfaire à ma conscience et sans me
soucier beaucoup si on me la fait ou non
car ie croy que cela importe plus aux juges
qu'à moy. Je suis ravy de ce que son Altesse a daigné faire reflexion sur ce que ie
vous avois escrit touchant son procès. J'avois
tasché d'expliquer tout le point auquel ie

me suis imaginé luy pouvoir peut-estre
rendre quelque peu de service, affin de pouvoir avoir l'occasion s'il m'en iuge capable,
ce que ie tiendrois à un extrême bonheur
et aussy afin de ne m'ingerer pas importu-
nement en chose ou ie sois inutile, si le cas
est autre qu'on me l'avoit fait imaginer. Je
seray ravy aussy de repondre aux questions
que vous me mandez avoir à me proposer
et ie seray toute ma vie, Monsieur, etc...

DESCARTES.

Du Hoef le 22e Janver 1644.

XV.

Monsieur,

La rencontre de 4 ou 5 visages Français qui descendoyent de chez la Reyne au meme moment que ie sortois de chez M^e la Princesse de Boëme fust cause que ie n'eus pas dernierement l'honneur de vous revoir, et que ie m'en alay sans dire à Dieu. Car ayant ouy de loin qu'ils me nommoient et craignant que ces eveillés ne m'arretassent avec leurs discours à une heure que i'avois envie de dormir, ie me retiray le plus vite qu'il me fut possible, et n'eus loisir que de dire à un de vos gens, que ie vous souhoitois le bon soir.

Maintenant ie m'afflige d'apprendre que vous allez à Zutphen car ie crains que vous n'alliez de la en campagne et que cella ne m'oste le bonheur que i'esperois de vous trouver encore à la Haye dans quinze jours ou trois semaines que j'avois fait dessein d'y aller. Je ne me soucie pas tant du prompt départ de Mʳ de la Thuillerie bien que cella peut estre aneantira mon affaire de Groningue, car ie ne l'ay jamais prise beaucoup à cœur. Mais ie ne laisse pas de vous avoir très grande obligation des peines que vous avez prises pour la faire reussir. Si vous passez de Zutphen à l'armée, je me propose de me rendre soldat pour quelques jours, et en quelque lieu que vous soyez ie ne me mettray point en route vers la France sans aller premierement recevoir vos Commandements et vous dire de bouche que ie suis de cœur et d'âme, Monsieur, vostre etc...

DESCARTES.

Du Hoef le 8ᵉ Avril 1644.

XVI.

Monsieur,

Je ne recoy jamais de vos lettres que ie n'y remarque beaucoup de preuves de vostre amitié, et vos dernieres que ie n'ay receu que Lundy au soir bien qu'elles semblent avoir esté ecrites 15 jours plutôt, m'ont fort obligé de m'apprendre l'indisposition de Mme la Princesse de Boheme laquelle m'a tellement touché que ie serois allé à la Haye tout aussy tost que ie l'ay sceue sinon que i'ay trouvé à la fin de vostre lettre qu'elle se portoit beaucoup mieux qu'elle n'avoit fait auparavant, et il faut que ie vous avoue que depuis mon voyage de France ie suis devenu plus vieux de 20 ans que ie n'estois l'année passée en sorte que ce m'est maintenant un plus grand voyage d'aller d'icy à la Haye que ce n'eut esté auparavant d'aller jusques à Rome. Ce n'est pas pourtant que i'aye aucune indisposition graces à Dieu, mais ie me sens

plus foible et pense avoir davantage besoin
de rechercher mes commodités et mon repos. Ce qui est cause aussy que ie n'escris
pas de la moitié tant de lettres que ie faisois
auparavant, et ie n'avois point fait réponse
à celle que vous m'avez fait la faveur de
m'escrire il y a deux mois parce que ie n'a-
vois rien alors à vous mander que de re-
merciemens et ie me suis tellement asseuré
sur votre affection que ie n'ay pas douté que
vous ne voulussiez bien m'en dispenser,
aussy que vous me promettiez de m'écrire
plus au long au prochain ordinaire, ce que
i'escris à Mme la Princesse de Boëme pour
m'excuser de ce que ie n'avois pas sceu plutost sa maladie à scavoir que i'attendois de
jour à autre de vos lettres et que vous me
faites touiours la faveur de me mander de
ses nouvelles. Je ne manqueray pas d'examiner soigneusement les quatre bouteilles que
vous m'avez obligé de m'envoyer mais ie n'ay
pas encore eu assez de temps, tout ce que
ie puis remarquer est que l'eau de la grande
bouteille marque B. est bien moins agréable
au goust que l'autre et sent le feu en sorte
qu'on connoit qu'il y a dedans quelque liqueur tirée par distillation, et au contraire

la petite bouteille marque B. semble être la
plus pure car dans celle qui est marquée
A, il y a quelque mélange de l'eau des grandes Bouteilles et le reste de la liqueur semble
n'estre que de l'eau forte comune. C'est bien
aussy une espèce d'eau forte qui est en la
petite bouteille C. mais qui est ce semble
tirée du sel comun de l'alun et du vitriol au
lieu qu'en l'autre il y a aussy du salpestre
pour la poudre rouge qui est au fonds ce doit
-estre du fer de la pierre d'aimant du plomb
et du mercure mais ie n'ay pas encore eu le
temps d'examiner lequel c'est de ces 4. Je
n'ai peu aussy .encore voir le lunetier pour
lui faire reparer le defaut de sa lunette ou
tacher d'en trouver une autre meilleure, ce
sera pour la première occasion, et i'adres-
seray touiours mes lettres à votre logis de
la Haye encore que vous fussiez parti pour
l'armée si ce n'est que vous me mandiez
une autre adresse. Au reste si vous me faites
la faveur de venir faire icy une promenade
auparavant ainsy que vous me faites esperer,
je seray ravy d'avoir l'honneur de vous y
voir et ie ne scache personne au monde que
i'y receusse avec plus de joye. Je n'ay encore
rien d'asseuré de Groningue mais cella m'est

entierement indifferent, et ie suis resolu de les laisser faire sans iamais me remuer d'un pas ni escrire ou dire aucune chose a personne pour ce sujet. Je suis, Monsieur, etc.

DESCARTES.

D'Egmond le 18ᵉ May 1645.

XVII.

Monsieur ,

J'eu dernièrement beaucoup de regret en passant par La-Haye de ce que ie ne peu avoir l'honneur de vous y voir et peu s'en falut que cela ne m'obligeat à y retourner un jour ou deux après, mais la hate que i'avois de revenir continuer mes reveries auxquelles ie m'occupe maintenant avec d'autant plus d'assiduité que ie crains de n'en avoir pas si bien le loisir cy après, fust cause que ie pris le chemin de ce lieu le plustost qu'il me fust possible aussy que ie n'esperois point vous pouvoir rendre aucun service. Pour mon affaire d'Utrecht je suis bien resolu d'envoyer au Magistrat le factum , que vous avez veu avec une petite lettre que i'y ajouteray affin de les avertir de mon depart et leur faire voir que ie ne m'en veux pas aller sans leur dire adieu. Je n'attends que iusques à ce que ce factum

soit transcrit pour leur adresser, mais ie me
soucie si peu de la reponse qu'ils me pour-
ront faire que ie croy ne devoir employer
personne pour me les rendre favorables.
Je vous suis cependant très obligé des of-
fres qu'il vous a plû me faire et vous avez
assez veu cy devant par experience que ie
ne m'epargne pas à employer les personnes
que i'honore et estime le plus, pour ce que
ie suis bien ayse de leur avoir de l'obligation. Je me réjouirois de l'esperance que
vous me donnez que ie pourray avoir l'honneur de vous voir à Paris si ie ne crai-
gnois que ce soit une marque de mecon-
tentement que vous avez en ce païs. Mais
je souhaiterois bien de vous voir icy si vous
preniez plaisir à vous divertir quelques
fours à la campagne, et que le voyage ne
vous fust point incommode, nous nous pour-
rions entretenir à cœur ouvert et je vous
puis assurer que je suis avec un zèle très
parfait, Monsieur vostre très humble et très
obeissant serviteur:

DESCARTES.

D'Egmond le 7 Février 1648.